Las cuatro estaciones

Alana Olsen

traducido por

Eida de la Vega

ilustrado por

Aurora Aguilera

PowerKiDS press.

Nueva York

Published in 2017 by The Rosen Publishing Group, Inc.
29 East 21st Street, New York, NY 10010

Copyright © 2017 by The Rosen Publishing Group, Inc.

All rights reserved. No part of this book may be reproduced in any form without permission in writing from the publisher, except by a reviewer.

First Edition

Managing Editor: Nathalie Beullens-Maoui
Editor: Sarah Machajewski
Book Design: Michael Flynn
Spanish Translator: Eida de la Vega
Illustrator: Aurora Aguilera

Cataloging-in-Publication Data

Names: Olsen, Alana.
Title: Estamos en verano / Alana Olsen, translated by Eida de la Vega.
Description: New York : Powerkids Press, 2016. | Series: Las cuatro estaciones | Includes index.
Identifiers: ISBN 9781508152019 (pbk.) | ISBN 9781508152026 (library bound) | ISBN 9781499422696 (6 pack)
Subjects: LCSH: Summer–Juvenile literature.
Classification: LCC QB637.6 O47 2016 | DDC 508.2–dc23

Manufactured in the United States of America

CPSIA Compliance Information: Batch #BS16PK: For Further Information contact Rosen Publishing, New York, New York at 1-800-237-9932

Contenido

Hoy voy a ponerme mi traje de baño.

¡Por fin es verano!

Hace mucho calor.

Papá dice que podemos ir a la playa.

Llevo mi toalla para ir a nadar.

Llevo mis chancletas para
caminar por la arena caliente.

Hace mucho sol.

Mamá me recuerda que lleve lentes de sol.

Hay mucha gente en la playa.
Algunos nadan. Otros juegan voleibol.

Me pongo protector solar.

Me protege la piel bajo
el sol del verano.

Mi hermana y yo hacemos
un castillo de arena.

¡Es casi tan alto como yo!

Mi amigo Ravi está nadando.
Mami dice que yo también
puedo nadar.

Corro al agua junto a Ravi.

Saltamos en las olas.

Cuando cae la tarde,
regresamos a casa.

¡La playa es mi lugar preferido
en el verano!

Palabras que debes aprender

(las) chancletas

(el) castillo de arena

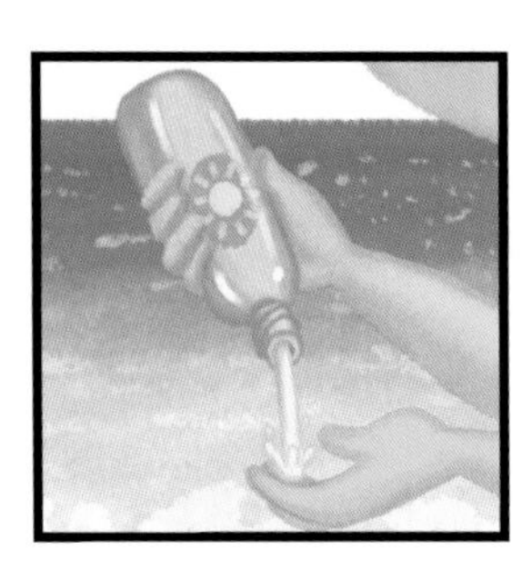

(el) protector solar

Índice